KB124056

문학과지성 시인선 349

당신의 텍스트

성기완 시집

문학과지성사

문학과지성사에서 펴낸 성기완의 시집

쇼핑 갔다 오십니까?(1998)
유리 이야기(2003)
빛과 이름(2023)

문학과지성 시인선 349
당신의 텍스트

초판 1쇄 발행 2008년 6월 27일
초판 6쇄 발행 2024년 8월 9일

지 은 이 성기완
펴 낸 이 이광호
펴 낸 곳 ㈜문학과지성사
등록번호 제1993-000098호
주   소 04034 서울 마포구 잔다리로7길 18(서교동 377-20)
전   화 02)338-7224
팩   스 02)323-4180(편집) 02)338-7221(영업)
전자우편 moonji@moonji.com
홈페이지 www.moonji.com

© 성기완, 2008. Printed in Seoul, Korea

ISBN 978-89-320-1873-7 03810

문학과지성 시인선 349

당신의 텍스트

성기완

2008

시인의 말

당신을 사용합니다.
당신을 사랑합니다.
사랑을 사용합니다.
노래가 되었습니다.
마음의 현장 검증
있겠습니다.
1절, 후렴
2절, 후렴
3절, 후렴
도돌이표를 메고
언덕을 올라요.
아 이 도란스
쌀 거 같아.
같거나 다르죠.
필요하실 때 다음의 후렴구를 떠올리거나
중얼거려주시기 바랍니다.

아릐 리마레 어무릴니fa

당신의 텍스트

차례

시인의 말

아뢰 리마레 어무릴니 *fa*

αρυ λιμαρε ομουριλνιφα

모든 연애에는 한계가 있어요.

내 몸, 당신 맘대로 하세요.

—T.

당신의 텍스트 1
—— 사랑하는 당신께

당신의 텍스트는 나의 텍스트

나의 텍스트는 당신의 텍스트

당신의 텍스트는 텍스트의 나

나의 당신의 텍스트는 텍스트

나의 텍스트는 텍스트의 당신

텍스트의 당신은 텍스트의 나

당신의 나는 텍스트의 텍스트

텍스트의 나는 텍스트의 당신

당신의 나의 텍스트는 텍스트

나의 당신은 텍스트의 텍스트

이불솜 틀어드립니다

전봇대 바람 살랑살랑
낡은 광고 문구
이불솜 틀어드립니다
이불솜 이불솜
이, 불, 솜

솜

나는
솜
이라는 글자를
생각보다 오래도록 쳐다봅니다
솜 솜 솜사탕
솜
은 왜
솜
이 되었을까

솜 솜 솜 솜사탕

솜사탕도 사탕일까
사탕 깨물다 이빨 빠진 금강새
화이트데이 솜사탕 남자

솜사탕은 구름
당신에게 구름을
구름의 침대
구름 베개
구름 이불
당신 맘대로 해요
내 몸으로 만들어드릴게
나는 솜사탕 남자

솜 솜 솜사탕 구름
저 구름이 달디달아요
분홍 이불 속에서
당신과 나의 맨발은
부싯돌처럼 부딪치며 뜨거워져

이불솜 틀어드립니다

옛날 응암동 살 때 두 골목 위 솜틀집에서
마스크 쓰고 솜을 틀던 할머니는
지금쯤 저 구름을 타고 계실까요

솜 솜 솜사탕
이제 할머니는
마스크를 벗으셨겠네요
할머니 젖가슴 숨 모시적삼 새하얀 다듬잇돌
눈부신 봄날의
솜 솜 솜
솜사탕 구름

오늘의 메뉴

오늘 점심엔 뭘 드실 건가요?

카레까스 정식 아니면

나를 드세요

내 살은 포동포동

내 뼈는 아닥아닥

저녁으로는 내 맘을 드세요

사주실 건가요?

야 신난다

우리 둘이 방실방실

저 달처럼 살쪄요

서로서로

먹고

먹여주고

내가 준 영양분으로 니가 토실토실

니가 준 영양분으로 내가 오동통

서로의 밥으로 서로가 예뻐져요

늦지 않았고 기다린 건 사실이에요

당신이 좋아하는 날씨를 나도 좋아해야지

핥다

세상에! 보고픈 당신

세상에!
보고픈 당신
당신이 날 보고프다시면
나는 늘 세상 밖으로 달려가요
당신이 계신 곳은 어디든 세상 밖
세상이 모르도록 깊이 잠든 당신
나는 세상 밖의 남자이므로
세상이 몰라도 당신 곁에 있어요
바로 곁에
꿈이라면 꿈속에
삶이라면 그 속에
보고픈 당신
당신이 날 보고프다시면
언제나 세상은 깊이 잠들죠
세상에나!

14

당신은 화개살

당신은 화개살
나는 늦바람
가을에도 봄바람
본늬!*
내일 봐요
벌써부터 설레요

* bonne nuit: 프랑스어로 잘자라는 인사.

사랑꾼과 사냥꾼

사랑꾼과 사냥꾼
둘이 선녀탕 옆 녹차 사우나에서 만났네
내게 필요한 건 아빠가 아니에요
내 아빠 하고 싶어요?
내가 필요 없다는데도?
우리는 지금 연애하고 있는 거라구요
당신은 나랑 연애하는 거 싫어요?
사냥꾼은 사슴을 쫓고
사랑꾼은 사냥꾼 킬러
강아지풀로 만든 번개는
아이 간지러

단물

당신이 선녀탕을 나와 무화과나무 속으로 사라졌어
요 나는 얼른 물쿵뎅이 신발을 꺾어 신고 당신을 따
라갔죠 어디 계세요 어른어른 푸른 이파리 사이로 당
신 흰 다리가 널을 뛰더니 붉게 익어 흐드러지기 직
전의 무화과가 당신 치마폭에 하나 가득 당신이 씹두
덩 같은 그걸 쭉 찢어주자 나는 오돌오돌 치모 끝 돌
기 같은 씨가 징그럽게 촘촘히 박힌 그 속살을 입술
에 즙 묻히며 받아먹어요 아 밍밍하고 지려 맛없어
투덜거리자 하나 더 먹어봐 이게 달콤하지 않니 당신
이 그렇게 말하며 이번엔 아예 헤벌어지도록 익은 그
걸 내 입에 대주자 나는 숨이 막혀요 이로 씹을 틈도
없이 혀끝에서 녹아드는 그 속살을 비로소 알아봐요
이 맛이로구나 수줍고 담담한 요런 달콤함이야말로
진짜 달디단 자연의 맛이로다 단물이 줄줄

해피 뉴 이어 1

혀끝에 사르르 녹아내리는 당신 몸은
달콤한 바닐라 스트로베리 and 코코넛 믹스

손끝에 파르르 진저리 치는 내 몸은
시디신 라스베리 샤베트 with 애플민트 초코칩

꽃

너와 오랄하고 싶어
너의 빨간 암술을 헤치고
노란 수술을 빨고 싶어

당신은 화장실에 버려진 생리대
지켜지지 않은 백만 년 된 약속
팬티 속에 차고 다닐래
나도 당신처럼 생리할 거야

피흘리며피어날거야

페스티벌 제너레이션

징징징
쟁쟁쟁
둥둥둥 둥

기타를 쳐요
북을 울려요

너른 들에 밀실 짓고
밀실 안에 너른 들
침대 위엔 수십만 인파
하늘로 트인 사운드 궁전

보세요 저 스릴
진저리 치는 쇠줄
놋 심벌cymbal 가죽 드럼
사랑하는 당신과의 텐 thousand kiss

사랑해
사랑해

예예예
사랑뿐야

분홍 주름 리본 풀어 밤의 리듬을
진홍 벨벳 이불 속 당신 하얀 살을
녹음방초 대지 위에 만발하게 해요
소리의 구름을 누비는 수십억 정충들
껍질을 깨고 샘물 분비하는 어여쁜 난자들

징징징
쟁쟁쟁
예예예
둥둥둥 둥

좋았던 때는 지나가기 마련

더 가요 더
높이 더 멀리
음악은 우주의 열쇠

당신을 생각하는 시간 오후 1시 50분

두 시간의 생방송이 끝나갈 무렵

또다시 그 시간이 와요

몽고 추장을 닮은 손님이 다녀갔고

긴장은 누그러지고

하루에 한 번씩 지나가는 버스처럼 저만치서 오는

당신을 생각하는 시간 오후 1시 50분

그 시간은 양철 지붕 같은 내 마음을

요란하게 두드리며 번개처럼

드럼 비트처럼 와요

때로는 그냥 지나갔으면 싶지만

정류장에 서 있는 내가 아니면

종점에서 떠나지도 않았을 그 버스를 기다리는

나,라는 단 한 사람

(이 버스가 아니니 나는 타지 않는다)

무언의 표시를 해도 마음의 정류장에

기어이 서고 마는 당신

노선표 위로 부는 바람이 빙글

야릇한 화살표를 그리고

광고판 속 아저씨가 씩 웃으며 나를 보는 동안

그 버스는 오죠

정류장에 있는 나를 위해

버스가 서고 문이 열리면

난 그 버스를 타요

아니 실은 허공의 계단을 밟아

지나간 바람의 노선을 따라갈 뿐

그 버스를 타지 못해요

오후 1시 50분은 지나가니까

당신은 대답이 없으니까

대신 나는 당신에게 보낼

소포가 있는 사람처럼 굴어요

머뭇거리며 빈 손짓을 하는 것 같아

보이는데 실은 그래요

그리움이라 쓰는 동작이죠 그것밖엔

없어요 당신은 오늘도

떠나갔으니까

지나갔으니까

그리움을 신고 떠난
오후 1시 50분의 뒷모습이 멀어져가요
노래도 사진도 그림도 몸짓도 하여튼
내 영혼의 마지막 한 방울까지 다
태우고 오후 1시 50분이라는 시간이 떠나면
그 모든 건 가슴 아픈 시가 되어
다시 내 마음에 반송됩니다
생방송이 끝나가려 해요

당신의 텍스트 2
— 어떤 인터페이스

시작 페이지: 사랑한다는 말도 없이 49%(플래시, 스킵 가능)

구분	레이어	기능	아이콘	사이트 맵
당신의 입술	프론트 페이지			홍대 부근 러브 호텔 베스트 5
	가면		버튼 눌러서 들어가면	
혀	(enter)	(예, 아니오)		
	밑으로 화면 드래그			함께 행복할 수 있을까
몸	으스러뜨려 가루로 만들기(순교)	기계에 들어가기	너라는 비상구	확인 요망*
	슬픈 분비물		液	처리(exit)

* 확인 요망(축제기획자 출신)

그때 그 포옹(이면지 사용)

내 마음은 당신을 선택했어요.

카나나카 카나나카 멜레아나 에

함께 행복할 수 있을까요

첫번째 약속

산 넘고 계곡을 지나 돌아난 길 따라

그때 그 포옹

떠도는 사랑

문도 코첵 롤롤레 오해하지 말아요

하늘에 눈이 떠 있고

아다지오 아다지오

바다를 떠도는 집시

카나나카 카나나카 멜레아나 에

20041020 水 작은방
작은 방 속에 니가 있더라

아릐 리마레 어무릴니*fa*

베란다에서

도둑놈처럼 준비해왔어
이 도망을
몰래 빨간 여행 가방을 끌고 나왔지
최대한 자연스럽게 행동했어
길에서 옷을 갈아입었지
팬티 속에 여권을 넣었고
대마초는 책갈피에 숨겼고
트렁크에서 당신의 비키니를 꺼냈어
차는 이 후미진 거리에 서 있을 거고
나는 떠날 거야
신호등 유턴 표시 따위
쓸데없는 약속 같은 건 무시할 거야
즉결심판 면허정지 모기지 이자
그 하찮은 것들은 팽개쳐버리고
초록의 야자수로 오두막을 지은
가난한 나라로 가버릴 거야
나쁜 놈처럼 흐드러졌어
이 사랑 속에 핀 꽃

두 번 생각하지 않을 거야

딸 거야

빨 거야

핥다

해초 우거진 바닷물 속에서

지나가는 물고기들과 인사하고

그들의 언어로 섹스할 거야

서서 밥을 먹어도 좋아

뭐든 서슴지 않을 거야

트라이씨클을 타고 정글을 누빌 거야

갯벌 위에 지어진 식당에서 나와

긴 그림자가 구름까지 이어지는 걸

당신과 함께 볼 거야

그 낯선 기념품 판매소의

꿈 같은 계단을 밟을 거야

생리 중인 너를 업고 갈 거야

피가 뚝뚝 계단에 떨어져도

상관없어

상관없지

미안하지만 즉시 흥정꾼이 되겠어

당신이 미라처럼 누워 있을 때

나는 베란다에서 뛰어내릴 거야

해피 뉴 이어 2

칼로 찌른 것도 아닌데
낭자
당신은 유혈이
낭자
하군요 하긴
한때 내가 거길 찢고 나왔죠
황홀한 자상을 입고
피범벅으로 좋아 죽는
당신은 생리 중
아무리 조심조심 휘둘러도
아 결국 사랑은 칼부림

어디 있나요

문을 열고 기약 없는 작별 인사를 던진 후
아스라이 퍼붓는 빗속으로 나갈 때
나가시나요 당신은
들어오시나요
어디가 세상이고 어디가
꿈속이죠

가려던 고깃집이 문을 닫아서
다른 고깃집을 찾아 헤맬 때
배고픔이 미안함과 성욕을 뒤섞던 어젯밤
푸른 방전등으로 뛰어든 모기들이
하얗게 불이 오른 참숯 위에서 고기들이
황홀하게 밤을 밝히며 타들어갈 때
어디가 세상이고 어디가
꿈속이죠

쉴 곳을 찾아서 정처 없이 차를 몰 때
당신은 내 그림자가 외로울 것 같다고 걱정해주고

내가 그 말 때문에 잠잠하면 오히려 당신이 아쉬워
할 때
잠시 들른 당신 집에서 당신은 잠이 들고
나는 당신을 어루만지다 책을 뒤적이고
일어서는 내 기척에 당신이 눈을 뜰 때
어디가 세상이고 어디가
꿈속이죠

모든 것이 꿈인 것 같을 때
세상은 어딨나요
나가시나요
당신 꿈은
들어오시나요

어디 있나요

당신의 텍스트 3
—— pc 통신 시대

웬일이죠
오히려 당신이 생각날 때
당신에게 연락을 안 한다는
당신은 그렇게 먼
그러나 때로는 가까운

당신의 나신이 기억나지 않아요
우리는 어두운 곳에서 벗었죠
불이 켜져 있을 때는
눈을 감았죠
그렇게 우리는 척척한 몰입의 순간에도
비밀을 유지했다는

이건 뭐죠
나는 몇 번이나 참았어요
사랑한다는 말을
입에서 그 말이 튀어나오기 직전에
이를테면 사정의 순간 직전에

나는 다른 말을 내뱉었죠
안에다 싸도 되냐는 식의

대답은 늘 하나였어요
안 된다는 것
나는 늘 그 대답에 안도했죠
사랑하지 않아도 된다는 거
무거워지지 않을 거라는 거

도대체 왜일까요
당신에게 연락을 안 하기로 마음먹을 때
자꾸 당신에 관한 나의 비밀은
검은 흙 위에 돋아나는 봉숭아 새싹처럼
마음의 텃밭에서 연두색으로 자라나요

싹을 똑 똑 꺾어요
수신된 문자를 지우듯
그러나 자꾸 묻지만

웬일이죠
당신의 문을 똑 똑
두르리며 비를 맞는
내 그림자를 박 박
지우고 싶지는 않은 것은

그래요
그대로 있겠죠
당신도
나도
절대로 사랑하지 않으리라는
굳은 결심 속에서
오늘도 혀를 감아요

저녁 식사용으로 토끼를 잡다

저녁 식사용 토끼*
우린 하필 이럴 때 사랑에 빠져버렸군요
칼과 은빛 사슬 치렁치렁
느리게 점멸하는 불빛 속에서요

그들은 무시무시한 두께의 거품을 물고
쏟아져 나올, 그래요, 피 말이에요
터지지 않고 내내
스미기만 하는 눈빛요
바로 그거죠 그들은요

* 몇 년 전 본 어느 남미 화가의 그림 제목인데, 화가의 이름을 그
  만 잊어버렸다. 캔버스를 가득 채운 붉은색이 여전히 생생하다.

당신의 텍스트 4

— 20060209 15:12:19 그 리듬을 듣는 도중의 하이퍼
스파팅, 또는 사랑의 전략

20060109목 홀리데이 다이어리는 살에서 시작됨

정화 형 일민 시상식에 갔다가…… 경아랑 홍대 쪽에 와서 현준이
공연 보고 싶었는데 선생님이 대학로에서 정화 형 보자고 전화해서 나
도 할 수 없다는 기분으로 정화 형과 동행, 살로 감……

살에서, 너무나 예쁜 그녀 만났는데, 설마 그녀가 아는 척을 할 줄
이야. Z의 옛 애인이라고 인사. 그때 을밀대에, 남윤이와 경천이와 수
영하고 냉면 먹으러 갔다가 Z와 냉면 먹으러 온 그녀를 만난 적 있었
어. 그때도 너무 이뻤지. 날 바라봤어.

2006 언제 언제에 쓰다 만,
시작하다 만 일지의 일부

2006 언제 언제
휴대폰 문장 보관함에 저장해놓은
아주 짧은 글

2006년 1월 29일 (일) 08:12(한국 시간)에 쓴 가사
전주는 비빔밥, 콩나물 해장국의 고장
……

넌 지금

넌 지금 무슨 옷을 입고
어느 바람을 쐬고 있을까
무얼 먹고 있을까
어떤 모양의 굽이 있는
구두를 신고

어떤 색 버스를 타고
어느 굽은 길을 갈까
희미하게 미소 지으며
이야기하고 있겠지

누굴까
니 이야기 속의 주인공은

때론 햇살을 향해
눈을 찌푸리겠지
때론
……

"책이 너무 보고 싶어서……" 노숙 여성 책 훔치다 검거
〔노컷뉴스 2006-02-07 16:11〕
광고
CBS 사회부 도 기자/육 수습기자 ＊＊＊＊＊＊@＊＊＊＊＊＊

2006년 9월 17일 (일) 12:46 (한국 시간)

네 홍은동 사시는 J씨 당첨~ 지금 와니는 금욜 거 녹음 중이구요
선물로 저의 입술 드릴게요

2004년 9월 23일 (목) 05:45 (한국 시간)

그날,
그 소동 속에서 냉정함을 잃지 않고
게다가 깽판의 주인공인 못난 와니를 끝까지

사랑하는 마음으로 감싼 당신

아침에 눈을 뜨니

2006년 2월 4일 (토) 09 : 57 (한국 시간)의 obsession
내가 내게 보낸 편지 보낸이 "성기완"

두려워

아침에 눈을 뜨니
다시 니가 생각나
어젯밤 잠든 후로
멈춰 있던 영화가
다시 시작된 거야
다시 니가 생각난다
그렇게 쓰는 동안
또다시 니가 생각나
다시 니가 떠올라
바지 입고 신발 신고
널 만나러 가면서도
스토리는 딱 하나야
니가 생각나
니가 생각나

너는 어떨까
모르겠어
두려워
……

2006 02 07 3시······
1부가 끝나고 2부가 시작되려 해.
새벽의 눈, 아스라한 그 지우개 꽃······
생각나.

새벽, 눈 속을 가네

너의 이름은 수천 주름의 병풍으로
접혀 있나 보다
펴도 펴도 너는 하얗다
회색의 하늘이 내려와 어두운 밤공기와
몽롱하게 섞이는 시간
······

2006 02 08 2시 23분에 떠올려보았어

뜨거운 멕시코의 마리아치 음악을 방금 틀었어······
멕시코 음악은 빨간색이야······
los lobos와 멕시칸 마리아치 밴드의 '과달라하라'라는 노래
과달라하라는 멕시코 제2의 도시
거기 광장이 있대. 빠띠오 따빠띠오.
거기 가면 리얼 마리아치들을 볼 수 있대.
가고 싶다는 생각이 드네······

방금 시계를 보니 2시 23분이네······
2시 23분에 떠올려보았어.

떠올리려 해도

떠올리려 해도
떠오르지 않네
잡으려 해도
잡히지 않네
실을 놓쳤던 어릴 적 기억이
되살아나네
날아오른 풍선은
언젠가는 보이지 않게 돼
하루 또 하루
침묵이 더해가네

마르가레스 메네지스라는 브라질 흑인 가수
margareth menezes
정열적인 리듬을 지녔어.
자유롭게 당기고 밀 줄 알아……

끈적거리는 굴 소스 안에 담긴 지느러미는
자기가 헤엄치던 바다의 깊이를 기억할까

저며진 가슴 위로 무심코 흩뿌려지는
piensa en mi 나를 생각해
소금 같은 눈
숨 막히는 밀폐형의 기억
줄줄 녹아

1000년 동안 동굴 속에 거꾸로 매달려 있던

박쥐가 듣는 음파는 얼마나 사무치는 색깔일까
피리 소리를 기다리며 상자 안에서 똬리를 틀고 있던
코브라의 어금니는 얼마나 정제된 독을 품고 있을까

진공포장된 훈제 닭다리를 레인지에 넣고 돌린다
생각이 북받쳐 살을 뚫고 들어가
살은 지직거리고 타오른다

2007년 9월 16일 (일) 13:12 (한국 시간)

보낸 이 ＊＊＊＊＊＊@＊＊＊＊＊＊

받는 이

가로287세로300높이210안쪽벽205문쪽벽188

011328＊＊＊＊ 전화했었니 2007-09-16 13:12 0.9KB
011328＊＊＊＊ 우린모두민달팽이작은 2007-09-16 13:11 1.0KB
011328＊＊＊＊ 생리 내가칼로찌는것 2007-09-16 13:11 1.0KB
011328＊＊＊＊ 팅커벨을주머니에넣고 2007-09-16 13:10 1.1KB
011328＊＊＊＊ 그산에올라/왠지그산 2007-09-16 13:09 1.0KB
011328＊＊＊＊ 뮤비아이디어 가사가 2007-09-16 13:09 1.1KB
011328＊＊＊＊ 신화란뭐냐일종의후렴 2007-09-16 13:08 1.0KB
011328＊＊＊＊ 소름3종세트배달:솜 2007-09-16 13:05 1.0KB
011328＊＊＊＊ 개에관한뉴스:목줄 2007-09-16 12:58 1.0KB

2006 02 09 16:45:54의 중얼거림

지치지 말자
달아올라도
터지지 말자
오늘 검사했잖니
스캔하자
니 무의식은
아무 이상 없단다
피검사만 남았다
버티고
잘 놀고
차차 잊자
잊어야 한다면 말이다

2006 02 10 새벽 1시경에 쓴 가사

2006 02 10 fri 14 : 28 : 19의 인용, 세레나데의 풍습

안재필 작가가 적어준 원고 :

멕시코에서 serenade를 하는 시각은 새벽 3시경
아구스틴 라라의 noche de ronda 론다의 밤
론다 : 노래에 자신 없는 남자들을 위해 대신 노래해주는 세레나데
대행업자

"나의 고독한 밤을 비추는 달빛이여
어디로 가나
만일 너 또한 론다에게 가는 길이라면

46

알려주렴"
……
이런 가사
……

우습지?
^^

20071128수 안재필 작가의 원고

안데스 원주민들이 잉카 제국의 마지막 후예 투팍 아마루의 전설을 담
았다.
　El Condor Pasa(콘도르는 지나가고)
　오늘은 가사를 소개…… 잉카 제국의 언어인 케추아어

　잉카 제국의 대지에서
　인디오는 빛을 잃고
　홀로 슬퍼 보이네
　침묵의 저편에 남겨져
　이제 결코 지배하는 일은 없으리
　잉카의 황제는 태양을 향해 떠나갔다

　그의 마음으로
　한 마리 콘도르가 날아가네
　날면서 그의 고통을 노래하기 위해

　날아라 콘도르

끝없는 하늘을
고원의 그림자
아메리카 정신의 상징
인디오 민족의 피
케냐는 슬퍼 우네

투팍 아마루의 아픔을 안데스의 바람 소리
인디오의 폐에서 나오는 순수한 공기
그런 것들을 느껴
……

우린모두민달팽이작은집을등에지기위해길을떠난벗은방랑자

20060213월 13:57, 마음에 두다

방송 시작하기 3분 전……
너의 이멜 읽었어.
꼭 답장 보내라고 이멜한 거 아니니 돈 워리.
내가 요즘 실험하고 있는 글쓰기 중에 '스파팅 spotting'이라는 게
있거든,
글을 쓴……

앗, 방송 시작……

스파팅이란, 글을 쓴 시각, 공간의 정황을 글 속에 기입하고
그 글의 느낌을 그 정황과 연결시키는 거야.
일종의 ambient writing이라고 할 수 있을 텐데……
그 스파팅 연습을 네게 보내는 이멜로 했던 거야.

48

연습이라기보단, 그렇게 일상적인 것들을 가지 치지 않고
있는 그대로 놔두는 글쓰기를 한 거니, 그것 자체가 걍 글쓰기인
거지.

앗, 두번째 곡 소개……

다시 두번째 곡 소개하니 14:09:40
지우베르투 지우gilberto gil
그담엔 까를리뇨스 브라운Carlinhos brown
크리에이티브한 리듬의 소유자들……

〈xmp〉
뮤비아이디어 가사가책이나신문에써있음전철출근하다무가지에서그
녀를안기위한근육만들기그러면서후다닥갈아타러가는데보니깐헬스꿈
졸다가깨서광고여자맘사로잡는향수그런식으로출근

〈/xmp〉

케미컬할때니가평화깃발든애였어?
chemical brothers 조종사와 승객의 관계

이 노래들을 들으며 마음에 관해 생각해.
마음에 두다,라는 표현이 있지.
그러나 watch out! 한번 마음에 담으면 꺼낼 수는 없어.
그러니 마음에 담아두기 전에 잘 생각해야 해.

마음에 두다

마음에 한번 두면 꺼내지 못한다
기억된 것은 사무칠 뿐이다
마음에 한번 두면
아무리 쓰려도 몸으로 녹이는 수밖에 없다
달콤한 초콜릿을 심장 근처의 체온으로
천천히 녹여 씁쓸한 강물을 만드는 일과
같은 것이다

달콤하니 마음에 두었지
모든 것이 처음에는 그렇지
……

참, 며칠 전에 이터널 선샤인 복사판 디브이디를 길거리에서 팔길래
샀어.
앞부분은 잠깐 봤어.
길에서, 마티즈 2 안에서, 남는 시간이 있어서,
네 개의 핫 윙과 샷뽀로 캔 비어 하나가 함께 했고.
그리고 다시 움직였지.
……
길 위에서 쓰는 시
세상 밖의 공간으로서의 길

당신은축구선수그중에스트라이커요리조리드리블도잘하네골결정력
최고에평평킥도좋아그러나스트라이커는가끔은외롭다네그것은골넣는
자의숙명

〈 SRC = "http://mail25.paran.com/read/view_attach.php?target=
MllGWDJSZDB1WTRXS051b1JYYjJiUnpweGNPamUwdXZsU2kxclJxT

khRL1VGbFJNSkxOMjBGWDB5ZEFHREZkanlhRkNHOWNCd1YwRlV
STUJ3UUkwemdOdjRjVUdqRk15MFlFV0Q0TXUwWUkyVDlNdDJMR
TJUdE9wd2RjMkRGTXV3Y0kzelZRdWZaUjBVQlN3RFk5WFZKUGhsY
jFpVzVZanViVjJHMGJ2cE1aVG1FSjQxT3dUV2theGhOMURtQWN4dU
41amlnTXh6TjR6Q1VPdw==”〉

〈font color=blue〉음성녹음듣기〈/font〉〈/a〉〈br〉하늘의검은색조차
선명해요감귤은짙은녹색마음은달무리처럼붉고요〈/BODY〉〈/HTML〉

2007년 9월 19일의 엔딩

제오르제 바코비아
강정의 나쁜 취향
멘트 55분 15초를 넘기면 안 된다.
시계를 보면서 그때까지 이야기한다.
안녕히 계세요,
인사를 했다.
그 말 직전에 무슨 말을 했는지 기억나지 않는다.
이럴 땐 단어 하나하나가 그냥 초침이다.
초침으로서의 말.
강물이다.
말의 강물.

2006 02 16 thu 14:53:20, 울부짖으며 나는 새

아말리아 호드리게스
둘스 퐁트슈

포르투갈 파두 여가수들의 노랫소리
울부짖는 새 같다
커다란 새
날개를 펴면 하늘을 다 품는 그런 새
날개를 펴고 서 있으면
왠지 알몸의 여인을 연상시키는
알바트로스 같은 새
갑판에 유배된 하늘의 새
포르투갈에, 리스본에, 정어리 굽는 냄새에
유폐되어 대서양의 거친 바람을 이마에 맞아들이는
여인들의 노랫소리
새들이 울부짖으며 날아간다

아무것도
나도 추천 | 중요도 체크

보낸 날짜 2006년 2월 4일 (토) 11:21 (한국 시간)

아무것도

아무것도 하지 않아도 되고
아무 일도 없어도 돼
가장 한적하고 다정한 순간에
아무 말이 필요 없듯이
이 세상에서 일어나는 가장 위대한 일은
아무것도 일어나지 않는다는 그거야
그러니 모든 것을 용서하렴
누워 있어

누워서 들어
받아들일 거야
얽히고설키고 또 얽히다가
그 우산 속에서 기억의 낙진들을 피해
잠이 들어 따로 또 같이
있는 그대로 말했어
나조차 있는 그대로의 그것을 본 적이 없는
그와 같이 있는 그대로의 그것을 풀린 혀가
받아 적어 너에게 그리고 나에게
보내주었어
별들이 내 정신의 올이
폭포수 같은 비밀이
아마도 살아왔던 모양이야 그것이 터지자 언덕을 넘어서며
내 눈에서는 주체할 수 없는 눈물이 솟아나왔어
그 진창 속의 그림자들
나는 막아놓고 시간 속을 항해했어
문을 닫고 살아가는 서울의 나날들과
일을 위해 버텨야 했던 두 다리의 고달픔과
그리고 무엇보다도 내 속에서 잠자며 다시 한 번
사람을 기다리던 그냥 '그리움'이라는 이름의 나
위대한(왜냐면 진실이니까) 나는 눈을 뜨고
묵묵히 자동이체시켰지 때로는 빨래를 널기도 하고
그러나 미세한 명령들의 강압 속에서
분노는 매우 작은 칼날 같은 물방울 되어 내 속에서 녹슬어
그래도 난 절대로 훼손되지 않아
그래 나는 쉽게 빠지고 쉽게 달아나려 하고
아무리 그래도 내 영혼은 더럽혀지지 않아
이 더러운 새끼들아

그러느라고 마음속에 쌓였던 모든 것들
나는 그 기름을 말의 칼에 훅 뿌리고
아침이 되었고
너를 위해서 약을 먹었고
얼굴은 붉어졌고 피는 더 돌고
고양되고 올라가고 숨 막히고
다시 기분 좋게 나쁘게 죽을 듯이
깔깔대고 웃을 듯이 덜덜 떨리는 마음으로
엉엉 울며 진저리 치며 떨어지고
헛되이 먹은 약 기운은 다른 스토리의 덧문을 열고
그 속으로 들어가 아무 이야기나 막 해버려
아침이 되었어
나는 깨어났고 어제의 시간과 지금
이런 식으로 접붙여서 잠을 뛰어넘어
자, 목이 마르니 물을 마시자
왜냐하면 나는 다 덜어냈고
남은 몇 개의 밥풀 따위는 물을 부어도
크게 울지 않아
물속에서 허우적대다 숨 대신 물을 마시더라도
이미 나는 봤지
사람들은 비밀의 자물쇠를 풀면서
정확히 그와 동시에 그것을 잠그지
왜냐면 그것이 다시 비밀이 되니까
난 그 순간 너와 있었어
있으면서 없어도 돼
가장 대단한 일이야

오프닝을 읽으니 14:01:40이 되었군……

그리고 2007년
영원히 오지 않을 그 5월
난 너에게 병을 얻었고
'아쟈매 à jamais'를 불법 복용한 할아버지 둘과 할머니 하나
셋 중의 하나는 나다

그날 아침

그날아침그날아침그날아침그날아침그날아침그날
아침그날아침그날아침그날아침그날아침그날아침
그날아침그날아침그날아침그날아침그날아침그날
아침그날아침그날아침그날아침그날아침그날아침
그날아침그날아침그날아침그날아침그날아침그날
아침그날아침그날아침그날아침그날아침그날아침
그날아침그날아침그날아침그날아침그날아침그날
아침그날아침그날아침그날아침그날아침그날아침
그날아침그날아침그날아침그날아침그날아침

당신 집 앞

茫茫大海에서 비를 만남

긴 다리를 건넌다
지금 얼굴에 내리는
아주 작은 빗방울처럼
나는 다가갔었다
사랑했다
사랑한다
사랑하기 어렵다
어둠 속을 끝도 없이 걷는다

당신의 텍스트 5
── 잘못된 인코딩

사랑한다는말도없이(스킵)

가갸거겨고딩중딩대딩직딩초딩아빠밥줘교구규그렇게당신을완전히가지려고하지도않기

나녀우리냐너우리녀노뇨누뉴느니

다람쥐쳇바퀴댜더뎌너무더뎌무뎌질정도로게을러도를넘은난봉됴두듀드디

라랴러려로료루류르리

마먀머뭇뜨거워져요(컷)며모묘무뮤므훗미

바뱌버벼보바보바보바보바보지뵤부뷰브비

사생아생선뼈다귀성기완완벽한걸레사랑한다는말도없이(스킵)사랑의병을앓아요(카피)샤서셔소쇼수슈회전스시

아주나쁘죠(삭제)야어여오요우유두으이

자지털쟈저개새끼져조죠주쥬즈지

차챠처제쳐초쵸추츄츠치

카피&페이스트사랑의병을앓아요(카피)사랑의병을앓아요(카피)사랑의병을앓아요(카피)사랑의병을앓아요(카피)사랑의병을앓아요(카피)사랑한다는말

도없이 (스킵) 머뭇뜨거워져요 (컷) 머뭇뜨거워져요
(컷) 머뭇뜨캬커피켜코피쿄쿠키큐핏크키키킴
　파퍄퍼펴포표범표적수사표리부동작그만푸퓨프피
　하하하하핫으허허허우허헝질질햐허혀질겅질겅찔
껵호효후휴흐히사생아생선뼈다귀성기완완벽한걸레
사랑한다는말도없이 (스킵)
　예아니오

때늦은 점심 식사

그릇들을 보면 때로 참 슬퍼, 하고
당신은 실제로 그릇들을 바라보며
말했다 그 눈빛이 내겐 더 슬퍼
보였다 우리는 식사를 마치고
그릇들은 오후의 사명을 마치고
구정물 통에 들어가야만 할
시간이다, 피울래? 당신이
파이프를 쥤고 나는 말없이
받아 들었다 당신은 계속 그릇들을 바라보고
있었다, 라이터 좀 줘,라고 말하려다 말고
라이터를 집으려 팔을 뻗었다, 어, 당신이
질겁을 하며 내 소매를 움켜쥐었다, 이미
늦었네, 하고 당신이 말한 것 같았지만 잘
들리지 않았다 온 신경이 그리로 집중된 탓이었다
소매에 반찬 찌꺼기의 국물이 묻어 있는 걸
안 것은 그 때문에 풀린 시곗줄을 채우려
팔을 끌어들인 후였다 당신은 더 이상 그릇들을
바라보지 않았다

당신의 텍스트 6
— 수신확인

헤어지자고 했습니다

수신확인 확인안함 수신확인 확인안함
수신확인 확인안함 수신확인 확인안함
수신확인 확인안함 수신확인 확인안함
수신확인 확인안함 수신확인 확인안함
수신확인 확인안함 수신확인 확인안함
수신확인 확인안함 수신확인 확인안함
수신확인 2007-10-26 13:50

헤어졌습니다

자목련 블루스

봄날 오후에 할 일도 없는데
자목련이 흐드러져요
그러고 보니 당신에게서
꽃 한 송이 받은 적 없네요
아 구체적으로 서러워
내 마음
확인도 안 하고 떠나셨죠
봄날 숨 막히는 오후에
퍼플의 물감을 헤프게 쓰는
자목련이 흐드러져요
꼭 당신이 준 것인 양
한 아름 눈에 들어와
매우 정확히 현실적으로 서운해
구체적으로 서러워
눈물이 나버려

당신이 희박해서

당신이 희박해서
숨을 못 쉬겠어요
그렇게도 맛있게 마셔
버렸으니 없지
없는 게 당연하지
가신 님 남기고 간 물
하트 모양 아이스 큐브에 부어
슬픔의 냉동실에 넣어두어요
지천으로 이별을 얼려서
와드득와드득 씹어 먹어요

마음에 두다

달콤하니 마음에 두었지
모든 것이 처음에는 그렇지
그러나 나중에는 몸으로 녹아드는 그
검은색 쓴맛을 즐기게 된다오
아 쓰다 아 좋다
더 주시오 더 주시오

초콜릿 소파에 앉았지
앉는 순간 아랫도리가 녹아 없어졌어
아 달디단 이 상실
더 지워요 더 더
파란 하늘 너머로 진저리 매니큐어
마음의 손톱에 끈끈하게 발랐지

마음에 한번 착색되면 지우지 못해
기억된 것은 사무칠 뿐
마음에 한번 두면
아무리 쓰려도 몸으로 녹이는 수밖에 없지

초콜릿을 심장 근처의 체온으로 천천히 녹여
씁쓸한 강물을 만드네

마음에 둔 것들 몸속에서 삭였지
달콤하여 둔 그 쓰디쓴 것을
추상형의 기억으로 뭉개느라
겨울이 다 가네 봄이 와도
모르고

간편 장부

그렇게 피곤한 모습으로 보낸 게 맘에 걸려요
늦지 않았고 사실 기다린 건 맞아요
참다가 못 참아서
참고 참다가
더 못 참아서 저지르고
저질러서 용서받아야 할 상태가 되고
용서받기 싫어 숨기고
사랑한다는 말도 없이
숨기다 곪아 안에서 터져 상처가 되고
상처가 되어 겉으로 드러나 들키고
들켜서 다시 상처받고
본능적으로 갑각류가 되고
딱딱해지고 격해지고 화내고 뻔뻔해지고
마치 아닌 듯 길길이 뛰며 지랄하고
지랄하다가 지쳐 잦아들고
잦아드니 찬찬히 생각하게 되고
부끄러워지고
길거리에서 바람을 맞으며 걷고 모퉁이를 끝도 없

이 돌고 술 마시고 아프고 아픈 거 보여주기 싫어서
참고 참다가 낫고 나아 한동안 잠들고 잠자다 꿈꾸고
꿈꾸다 꼴리고 벌떡 일어나 멍하니 앉아 있고 배고파
밥 먹고
나가고
만나고
놀고
웃고
사랑한다는 말도 없이
만나고
돌아서고
참고
참다가 못 참아서

저 구름이

저 구름이 아파요
내 마음의 MRI
구름이 퍼지다가
흐르다가
무너져요
당신의 습지로 번지는
축축한 이끼
그리움의 암세포

당신의 텍스트 7
— 소름 3종 세트

보급형:

솜털 난 잡초에 정성껏 물 주는 아이

잡초 줄기를 광적으로 배회하는 수억 마리 진드기

화분을 악물고 있는 뿌리

특수형:

깨진 연애를 계속 청테이프로 붙이는 유부남

감자의 싹에 돋은 상사병

장마철 붉은 소파에 피어난 꽃의 암내

(택배비: 무료)

날고기 블루스

비밀 번호를 아는 문 앞에서
마치 모르는 것처럼 아무 번호나 눌러서
들어가지 못해야만 하잖아요
사랑하는데 사랑하지 못하겠다고
말해야만 하잖아요
내 이야기는 들려줄 수도 없고
당신 새 방의 향기는 맡아볼 수도 없게 됐잖아요

털썩

작곡을 한다는 고래의 노래를 들으러
그 고래 뱃속으로 들어가요
낮에도 밤에도 밤일 그곳에 들어가
송장 같은 내 몸을 침대에 던질래요
침대 사준다고 해놓고
그 약속도 못 지키게 됐잖아요

그래도 드리고 싶은 마음 억누를 수 없어

드리긴 드려요 들어보세요, 당신이 좋아할
라디오헤드의 새 노래를
드리긴 드려요,라는 표현을 쓰게 됐잖아요
누구 잘못이 아니라
그렇게 됐다구요

앞으로의 시간이 붉은 날고깃덩이처럼
내 앞에 던져져요
그걸 나 혼자 어떻게 구워 먹으라고
어떻게 그걸 질겅질겅
혼자 씹으라고

(첨부 파일) radiohead_bodysnatcher.mp3

20050920화 추석 선물, 또는 알리바이

아냐아냐죽었을거야틀림없어그렇지않고서야이럴
수는없지새벽에화장실가려고깨지도않았나그랬다
면깜박이일을어쩌하며확인할텐데문자라도줄텐데
화장실도안가고아무연락도없는거보면9시부터자다
가더깊이잠든거야죽어버린거야범인은현장에한번
더온다지그렇다면나는범인최소한혐의자새벽비내
리는데검은비니루들고현장을어슬렁현장떠나서도
아침까지자는둥마는둥내가범인이야알리바이성립
안돼어서지워야지내흔적을지문을정액을아미치광
이내가범인

보바리 쎄 므아 죽일 년

굴다리 지나기 전
낮은 슬레이트 지붕 집
문이 열린 적이 있었지
더러운 고무장갑을 끼고
물을 붓고 있는
허망한 눈빛
해 없이 자란 하얀 콩나물
Bovary c'est moi*
죽일 년

* '보바리, 그게 나다'—프랑스 소설가 플로베르의 증언

자라나는 시

아, 오랜만이네요, 잘, 지내세요? 저는 뭐…… 그
냥…… 예, 조금 편해지긴 했어요 심지 부러진 연
필처럼 쉬고 있어요 마개 잃은 PET 병처럼 길에
누워 있어요 내 정신 좀 봐 재활용 쓰레기 배출일
인가 봐 토막 난 산낙지처럼 처음에는 쓰려서 발광
하다가 네모난 플라스틱 사라 위에서 늘어져 예,
맞아요 이사 갔어요 버리기도 뭐하고 해서…… 그
냥 서랍 안에 잠들어 있는 이전 집 열쇠처럼 조용
해요 흙을 쏟아놓은 겨울 화분처럼 텅 비어 있어요
비밀 번호는 기억나지 않으니 보조키 다실 필요 없
어요 명함이요? 그런 거 있긴 한데 이멜 주소는 바
뀌었어요 그래도 하나 드릴까요? 시커멓게 된 은
귀걸이처럼(당신이 사줬죠) 라이터에 적힌 고깃집
이름처럼 지각한 아이처럼 냅스터처럼 지나치게
높이 달렸다가 썩은 채로 얼어버린 감처럼 금연하
자는 결심처럼 휘어버린 LP처럼 비둘기의 발톱처
럼 판박이처럼 구가다 칼라처럼 아, 더운 물은 나
와요 시큰둥한 엄마처럼 통장 이월시켰구요 펀드

는 깼어요(더 이상 부을 필요 없는데요 뭐) 당신 기억이 지워버린 아이처럼(아이가 있다는 걸 몹시도 싫어했죠) 두 바퀴로 가는 자동차처럼 이혼한 부부처럼 왼쪽 깜박이처럼 숙녀 앞접시의 청양고추처럼 당신의 생일처럼 제출된 보고서처럼 종점의 보관소처럼(그나저나 넌 요새 그림 잘 되니) 보도자료처럼 비누방울처럼 콘돔처럼 모자이크 처리된 몰카처럼 터무니없는 메뉴처럼 지나간 버스처럼 수시로 조는 남경장 조바처럼 대중적이라는 단어처럼 당신의 사진처럼 풍선껌처럼 유통기한 지난 골뱅이처럼 혼인 서약처럼 구두 뒤축처럼 비보호 좌회전처럼 유치한 고백처럼 연탄처럼 잡지처럼 감탄사처럼 그분의 시처럼 사은품처럼 안약처럼 더운 물? 눈물? 나와요 아 아까 말했나? 졸업 앨범처럼 당신이 사준 옷 장갑 시계 유리 주전자 정도처럼(대부분 버렸어요) 당신 집 주차 스티커처럼(구겨 버렸어요) 참 그 차 팔았어 빚진 게 좀 있어서요 지난해 망년회처럼 개근상처럼 잘 있느냐는

개 같은 말처럼 엘리자베스 여왕처럼 라면처럼 피
어싱처럼 기호 2번처럼 영화요? 잘 안 보고 가끔
드라마는 봐요 대체로 중간부터 멍하니 퇴근 후에
양말은 벗어놓죠 꼼지락거리는 발가락처럼 진공관
처럼 겨울 화분처럼(아까 했죠) 멍든 형광등처럼
성모님처럼 한밤의 빛처럼 당신이 좋아하던 날씨
처럼 공강 시간처럼 등신불처럼 깎아놓은 손톱처
럼 인텔리전트라는 바보 같은 낱말처럼 뒤꼍으로
드는 한 뼘의 햇빛처럼 옛날에 쓰던 컴퓨터에서 겨
우 찾아낸 음악처럼 그냥 있어요 곗돈처럼 별똥별
처럼 왜 연락 안 했느냐고 선수 치는 뻔뻔한 혀처
럼 알리바이처럼 거짓으로 점철된 우리의 인생처
럼 호리병처럼 아 기분이 잘록하고 당신은 희박해
그만 해야지 행방 不滅 아빠처럼 하루하루 자라나
는 이 시가 자라기를 그칠 때쯤 당신은 잊혀져 있
겠죠 텅 빈 채 역을 통과하는 회선 열차처럼 청소
하는 아주머니만 태우고 나처럼 (계속)

피눈물 식초

어울리지 않는 한 쌍의
키스
차가운 입술
가슴이 떨리는 동안에
이미 진동의 파장이 얼어버리네
눈발이 흩날리는 언덕
달음질치는 아이는
나의 아이가 아냐
(죽여버려)
새벽에
향기로운 술이 익다 익다
턱이 빠지도록 신 식초가 되네

αρυ λιμαρε ομουριλνιφα

당신의 텍스트 8
―― 볼만한 비디오

남상화 별 하나
영화 같지도 않은 영화

김남율 별 셋
마지막 자막 올라갈 때 나오는 음악이 인상적

송경호 별 하나 반
감독의 의도는 알겠다 그러나 아내를 죽이는 데 이
르는 당신의 심리 변화는 가히 유치원생 수준

이효진 별 둘
아내 그리고 일상 또 다른 여인 권태 그다음엔 살
인 이건 너무 써먹어서 국물도 남지 않은 닳고 닳은
공식

조진아 별 셋
당신은 바보다 당신이 불쌍하다 프린팅이 비교적
깨끗

당신의 텍스트 9
— 예, 아니오

예

아니오

none of these

슬픔이 두 배

봄 하늘이 저리도 파랗고
내 맘은 이리도 시리니
슬픔이 두 배

다칠 걸 뻔히 알면서도
사랑한다고 말하고 말았으니
슬픔이 두 배

이태원에서 굽 높은 구두 골라주고
차였을 때
슬픔이 두 배

하늘 파란 잉크 찍어
사랑해요라고 쓰다가
펜촉에 심장 찔리니
슬픔이 두 배

나중에 다시 만났을 때

누구시죠 당신은
하고 물을 뿐
슬픔은 두 배 세 배

그렇게 곱고 그렇게 멀어진 당신
내 인연의 목록에서 지워진 당신
슬픔은 열 배 백 배

내가 사준 예쁜 호피 속옷을
그 누구 앞에서 벗으실까
반환받아 사르지 못해
슬픔이 두 배

당신의 텍스트 10
― 화면 조정 시간

눈 속에서 모래알이 씹힌다
텅 빈 모텔
이미 떠난 당신
사랑은 오래 못 참고
속절도 없이
치―

겨울 능선

마른 풀밭에 앉자 메마른 당신 얼굴이 보입니다 옛
성곽의 이편으로 옛날에도 이렇게 흙더미가 쌓여
있었을까요, 아니었겠죠, 모르는 새에 우리는 그
정수리에 얹혀져 있어요 그가 억새풀의 추억을 노
래하는 네모난 상자 속은 추워요 물병처럼 허리춤
에 채워진 채워지지 않는 욕망을 당신은 어떻게 해
결하죠, 정성스런 칼질로 껍질을 벗기며 그가 말합
니다, 글쎄, 왠지 바람 소리가 들리는 것 같을 때
우린 시간이 꽤 지난 걸 확인한 사람들처럼 털고
일어나 적막한 낙엽의 침실을 빠져나와야만 해요
그리운 당신 얼굴이 황혼의 거울에 비춰지는 겨울
능선 꼬불꼬불 난 길을 나무들이 지켜보는 가운데
말없이 따라가요 그림자가 사라지기 시작하자 출
출한 우린 검은색으로 속을 채운 실루엣입니다

대양의 별

별들
황금빛 못들
송알송알
가슴에 박힌
눈물방울들

지난여름 여닫이문

열고 들어간다
그 시간은 내게
처음부터 오지도 않았었다
오지도 않았던 당신이
떠나간다
바이 바이
담배 연기보다도 더 희박한
지난여름 여닫이문
파도 속에서 홀연히 나오던
헤이 유

내 깊은 곳의 당신

내 깊은 곳의 당신은
내 바로 곁에 있는데
나는 널 찾아 창녀촌에 간 적도 있다
당신은 이렇게도 조용하고 상냥하게
내 깊은 곳에 동시에
바로 이 방바닥에 나를 응시하며
앉아 있는데
그러나 나는 널 찾아 헤매고 헤매다
때로는 퍼붓는 빗속을 뚫고
어둠을 건너 살아온
초식 동물 같은 당신에게
내 거길 빨라고 시킨 적도 있다
내 깊은 곳의 당신
나의 불같은 당신
조용히 타오르는 넌
나의 바로 곁에서 아름답게
꽃을 피우고 있는 당신
지나가는 오후에 그 누구도 모르게

욕정을 태우는 빨래터의 너
내 깊은 곳에 숨은 나의
범죄 조직
두말없이 돌아서면 그만인
단번에 끝나는 은밀한 현기증인
넌
내 깊은 곳의 착하디 착한
당신

깨진 그릇의 추억

따뜻한 밥을 담았던
당신을 생각합니다
반짝반짝
아름다운 추억만을 담으려
흙으로 빚어
불로 달구어
둥근 모양을 갖추어
고운 손으로 씻어
밥상 위에 올려놓았던
새 그릇이 그만 깨져버린
이유는 어디 갔든지 간에
이어 붙인 그 그릇 속에
다시 따뜻한 밥을 담아도
좋네요
당신 건너에서
당신을 다시 준비하는 사람은
반짝반짝 빛나지만
나는 그렇지 않군요

슬픔을 견디며 추억을 지우며
그렇게 밥상 위에 여전히
놓여 있네요
옆구리가 쑤시고
결리고 결국 후회의 시간이
찾아와 죽고 싶을 때
깨졌던 당신이 그저 침묵하며
온기를 머금고 있는 걸 보고
나는 고개를 들어 다시
미소를 준비합니다
쩍쩍 갈라져 한때
쓰레기처럼 널부러져 있다가
그래도 이만큼 밥을 담고 있는데
상처가 어디 그렇게
중요하다던가요

오늘의 운세, 67년생

이런저런 감정의 카드들을 뒤집는
나날이야
이를테면 오늘의 카드명은
추억 십자가 가슴팍의 통증
발끝에서 노란 연기가 빠져나간 날이니까
그런 날엔 어깨를 굽히고 두 손으로
엄지발톱을 잡으며
고개를 들어 창문을 봐야 해
혹시 날아가는 것들이 있는지 확인해야 하고
난 서성여
니 눈동자가 땅에 떨어져 있나 궁금해서
혓바닥으로 낙엽을 핥아
불붙이지 마 가급적이면 그냥
놔둬 이대로 꺼지게
무슨 상관이야 꺼져
없던 것처럼
평온을 유지하기 위해서 치르는 전쟁들
이제는 항복이야 그게 오늘의 카드가 주는

메시지 행복해 난 지금
오랜만에 맑은 정신이니
제발 좀 놔둬

그때 그 포옹(이면지)

20070510목 세계음악기행 선곡표

1. Amr Diab(아므르 디압)/Kalby Ekhtarak(칼비 에크따라크: 내 마음은 당신을 선택했어요) from [Tamally Maak] - 이집트

2. Keali'i Reichel(키알리 레이첼)/Kananaka(카나나카: 인어 이름) from [Scent Of The Islands, Scent Of Memories] - 하와이

3. Willie K(윌리 케이)/Meleana E(멜레아나 에) from [Aloha Heaven] - 하와이

4. Ensemble Nipponia(앙상블 니뽀니아)/Esashi Oiwake(에사시 오이와케) from [Japan Traditional Vocal and Instrumental Music] - 일본

   * 세음행 Songbook 5. Frank Zappa & The Mothers/ Happy Together from [Happy Together] - 미국

6. Naturalibus/Le Premier Rendez-Vous(첫번째 약속) from [Naturalibus] - 프랑스

7. Tete(떼떼)/Par Monts Et Vallons(Le Long De La Route)(산 넘고 계곡을 지나 길 따라) from [Le Sacre des Lemmings] - 프랑스

8. Gilberto Gil(지우베르뚜 지우)/Aquele Abraco (아 아브라쑤: 그때 그 포옹) from [Nova Bossa: Red Hot On Verve] - 브라질

9. Fafa De Belem(파파 지 벨렝)/Amor Cigano (아모르 씨가누: 떠도는 사랑) from [Fafa De Belem Essencial] - 브라질

   * DJ 와니의 해피 타임 집시 타임

10. Boban Markovic Orkestar(보반 마르코비치 오케스트라)/ Mundo Cocek(문도 코첵) from [Balkan Brass Fest] - 세르비아

11. Alabina(알라비나)/Lolole(롤롤레) (Don't Let Me Be Misunderstood) from [Sahara] - 프랑스

12. Kocani Orkestar(코차니 오케스트라)/Nikol (니콜) from [World Of Gypsies] - 마케도니아

   〈세음행 2부〉

94

* 세음행 모자이크

　13. The Alan Parsons Project/Eye In The Sky from 〔The Best Of The Alan Parsons Project〕 - 영국

　14. New Trolls/Adagio(Shadows) from 〔Concerto Grosso Per.1〕 - 이탈리아

　15. Renaissance/Ocean Gypsy from 〔Renaissance〕 - 영국

　* 고지연의 우리음악더하기

　16. 한충은/Morning from 〔Morning〕 - 한국

　17. 손범주/비천상 from 〔비천〕 - 한국

　18. 김상훈/하린 from 〔Kyrie〕 - 한국

　* 성기완의 모놀로그

　19. George Dalaras(기요르고스 달라라스)/Historia De Un Amor(이스또리아 데 운 아모르: 사랑의 이야기) from 〔Historia De Un Amor〕 - 그리스

　☞ 이면지를 사용합시다

개나리

2003 양화대교 북단 합정동으로 돌아 들어가는
길목에 핀 개나리를 보며

솔미솔미솔라솔
미솔미도레미레
솔미솔미솔라솔
도라솔미레미도

1997 뉴욕에서 필라델피아 가는 그 슬픈 봄날의
철길에 핀 개나리를 보며

솔미솔미솔라솔
미솔미도레미레
솔미솔미솔라솔
도라솔미레미도

2008 우면산 기슭 경부고속도로 옆길 미친년 허리
띠 같은 개나리를 보며

솔미솔미솔라솔

미솔미도레미레

솔미솔미솔라솔

도라솔미레미도

(계속)

황혼, 멱라수*

   1

안녕, 은빛 강물
다발로 엮여 흘러가던
금빛 머리칼
니 속으로 뛰어들어가 적시던 내 몸
황혼의 둑에 말리고
나는 너를 그리며
붉게 잊으리
밤이 시작되면
그렇게 노랠 부르리

   2

종이학 모양의 꽃이 핀
죽음의 세계
긴 휘장 두 장이 은하수를 타고 내려와

노을 가득한 강물에 다리를 적셔
향기가 나고
그 향기를 돛 삼아 떠나는 사람

오 기쁜 탄식이여
즐거운 비가여

널 보고 싶어 하고 싶지 않다
너의 표정은
멜로디처럼 지척에 있는데
반짝이는 별들 속엔
눈물이 출렁
술 달린 장식들과 하얀
살을
꿈꿔도 되니

* 汨羅水: 예전에 우리나라에서 '미수이 강'을 이르던 말. 중국
  초나라의 굴원이 투신한 강으로 알려져 있다.

봄밤

1

불
따뜻한 것이 필요했어
깜빡이는 점들이 있었어
견딜 수 있어야만 한다는 것이
문제라면 문제였어
어두웠어
난 손을 잡았어
그래 그 차가운 손을
허공엔 허전한 공기들이 걸려 있어
그래서 난 그쪽을 보았어
눈빛이 별똥별처럼 총을 쏴
아무도 보지 못했어
그때 불을 주는 사람이 있었어
나는 따뜻한 걸 느꼈어
고마워 그 불똥이 내게
불을 주었어

2

봄밤
갑자기 마음이 환해졌어
들여다볼 수 있을 만큼
별들이 마당으로
마구 떨어진 걸까
꽃들이 입을 벌리고 그
비를 맞고 있어 혓바닥 같은
향기가 바람을 따라
이리로 오고 부풀어 올라 올라
언덕 너머로 달까지 솟아
봄밤은 출렁이네

닐 영은 닐 영

닐 영은 계속 닐 영
니 영혼은 계속 니 영혼
딜런은 계속 딜런
딜러는 계속 딜러
갱스부르의 연인는 계속 갱스부르의 연인
갱스부르의 인연은 개족보 인연
우리는 계속 우리
우리의 우리는 계속 우리의 그림자
대수는 계속 대수
민기는 계속 수배 상태
까칠해
어어부는 계속 어어부의 변종
와니는 계속 와니
와니 안의 여자는 계속 여자 남자 여자 남자
여자 남자 여자 남자 여자 당신
당신은 계속 당신
/:닐 영은 계속 닐 영:/
(F.O.)

102

당신의 텍스트 11
── 부킹 칠계명

20040616 水 모래내 관광 나이트

하나, 가급적 정장이나 단정한 복장을 한다(반바지 및 쓰레빠 사절).

둘, 상대를 예우할 줄 알아야 한다(먼저 일어나 상대를 맞이한다).

셋, 먼저 편안한 자리를 양보한다.

넷, 상대가 무슨 술을 마시고 있는지 묻고 거기에 맞는 술잔을 권한다.

다섯, 무례한 농담 및 지나친 표현은 금물이다(상대방이 적대감을 갖는다).

여섯, 오늘 못 하면 안 된다는 생각은 말자(기회는 언제라도 있다).

일곱, 부킹 상대로 예쁜 여자를 고집하면 실패한다.

해구

이렇게 물이 많고 마음이 습하니
불은 타오르지 않는구나
표정을 바꾸지 않고 다니는 물고기들에게
과연 표정은 부질없는 것일까 그렇지 않으면
다른 나날의 거울일까
어디에서도 추억을 말할 필요는 없다
쏟아지기 직전까지도
물은 마음을 돌리지 않는다
아쉬움이나 미련 때문이다
올 것이 왔을 때
바라볼 수 있으려면
밤 한가운데 떠 있는 섬처럼
아무런 준비도 하지 말아야지
그래서 의외로 바람이 필요하고
창문을 열어야 하고
드나드는 것들을 놔둬야 한다

사랑의 한 방식

꽃이 붉게 피는 것도 그렇지만
꽃이 제 이파릴 떨어뜨리는 것은
사랑의 한 방식
당신을 그렇게 멀리 보내고
드넓은 가을 하늘을 통째로
이고 있는 내 두 눈
푸른 궁륭을 향해
그리움의 모양으로 방전되는
전체적 피의 분수
그렇게 온 세상이
보랏빛으로 물드는 것도
사랑의 한 방식

나의 새벽이 넘겨야 할 또 한 장의 페이지라면

나의 새벽이 넘겨야 할 또 한 장의 페이지라면
나는 이 새벽이 가기 전에
부질없이 그걸 넘깁니다
넘겨진 뒷장에는 오늘도 어제처럼
불러도 소용없어 부르지 않은 이름이 써 있습니다
그 이름이 뒤로 가고 아무 글자도 없는
새로 넘겨진 하얀 페이지가
내일 나의 새벽이라면 나는 거기에
하루 종일 불러보지 않아 어색하게 굳어 있다가
각혈한 피처럼 툭 입속에서 떨어질
불러도 소용없는 그 이름을 또 써넣겠지요
그렇게 날들은 가고
뜻 없이 반복되는 이름으로 가득한
하얀 새벽의 페이지들은 낙엽처럼 쌓이고 쌓여
어느덧 두터운 책이 되어갑니다
늦은 가을날 나는 이 책을 숲으로 들고 들어가
안개 속에 던져버릴지도 모릅니다
그 후로도 나의 새벽이 넘겨야 할 수많은 페이지라면

책은 끝없이 이어지고 계절의 숲 깊은 곳 여기저기서
불러도 소용없어 부르지 않은 당신의 이름이
짙은 연기로 까마득히 메아리치겠지요

청담동 뻐꾸기

그래 그러거나 그러지 말자
대체로 그러지 말자 우린 모르는 사이
괴롭기 싫어
그냥 웃을 테니 당신도 픽픽 웃어
내년까지만 올해랑 똑같자
그렇게 생각한 지 몇 년째예요
계속 가네요
흐릿해져가
담엔 뭐드라
앗 그런 약속 없었어요 없구 맑그—
내일은 결혼식 축가까지 불러야 해
냉소를 참고 또 뜨겁게 훗
시계 잘 가죠 가끔 그 시간이 내 시간이려니 하니
기분 좋아요
손목 가늘어서 맞는 홈 있어요?
없으면 뚫어야지
티베트에서 퍼온 시간 주세요
희박하잖아요 그런 시간이

내년에도 난 똑같을 테니
짱 서요 같은 걸 좋아할 수도 없고
내 딸처럼요
난 들어갈까 졸린 걸 참아볼까
하던 중
허헛 개 같은 동네에 계시군요
더 청담 하시어요
그깟 시 취한걸 뭐
아유 졸려 자요 난

예쁜 빨판, 팜 파탈의 기원
—— 뮤즈의 탄생

젖꼭지를 빨리며 아픈데 너무 좋아, 했을 때
이미 예쁜 빨판, 팜 파탈은
러브 마이너스 항원으로 내게 왔어요
그게 시작이었지
당신 사랑의 흡착력은 창백한 얼굴과 슬픈 표정에
서 나와요
아무나 그걸 가질 수 있는 건 아니죠
헤어짐의 선택을 강요받았던 DNA
당신은 나쁜 빨판
긴 팔다리로 외간 남자를 휘감아요
당신 날개 밑의 몰약이 아이 있는 남자를 홀려요
대신 당신의 남자는 바깥으로 돌죠
오 그러나 당신만이 사랑의 화신
부르주아 중산층 가정에서 자란 소녀들은
사랑을 몰라요 오직 따스한 만족과 계산
권태만이 있을 뿐이죠
당신은 황홀한 바이러스
찾아 헤매도 헤매도 사랑은 가네

당신이 그들을 죽이는 걸 당신은 몰라요

당신 아빠가, 당신을 배반한 또 다른 아빠가

당신을 죽였듯 당신 누에고치에서

불혹의 남자와 미소년들이 메말라가네

당신과 함께 눈뜨고 싶고 놀고 싶고

자고 싶고 쉬고 싶고 벗고 싶고 씻고 싶고

당신 빨판과 내 입술이 닮아가요

새빨간 거짓말을 뚝뚝 흘리며

빈혈 증세를 느끼지만 당신의 오랄은 몰핀처럼

아픔을 가셔주죠

이걸 어째요

러브 마이너스

빨판에 빨린 아빠

파탄

폭탄

어떻게 이 황홀한 죽음의 상태를 헤쳐 나갈까

어렸을 때 처마 밑에서 본

황혼 녘 오색 거미줄에 걸린

불쌍한 풍뎅이 여름내 단물을 빨리고
가을 되니 낙엽처럼 대롱대롱
그렇게 되기 직전에 드디어 기회가 왔어요
죽음을 이기는 칼은 오직 죽음의 칼뿐
나는 죽으러 당신 질 속으로 들어갔죠
거기에는 나 같은 순정파들이 우글거렸어요
아직 파리가 되지 못한 구더기도 있었고
나비가 되지 못한 애벌레도 있었죠
나는 용기를 냈어요 거기서 처용이 됐어요
진실과 순진과 구름 위에서의 춤 그리고 침묵
퍼붓는 빗속에서 당신에게 고백했죠
침묵을 준비하고 있다고
예쁜 빨판이 내 앞에서 드디어 작별을 고해요
당신은 목으로 꺼억꺼억 넘어오는 설움과
사랑이라는 단어를 참으며
침묵에 동참하겠다고 했어요
그렇게 당신은 더 가녀린 실루엣과
한없이 밀려오는 슬픔을 담은

여리디 여린 표정으로

러브 마이너스 빨판 퀸 오브 하트가 되어가요

남자들이 당신의 호수에 줄을 서서

자살을 준비해요

팜 파탈 분비물로 흥건한

기쁜 빨판 서식지

바로 그 호수죠

당신에 감염된 나는 참을 수 없어

아침 녘에 문밖으로 나가보지만 벌써 다른 풍뎅이의

스니커즈를 댓돌 위에 놓아둔 당신

러브 마이너스

당신은 팜 파탈

오직 당신만이 단물 뚝뚝 흐르는

시와 노래와 고통과 찬미의 진원지

팜 파탈 예쁜 나쁜 기쁜 빨판 오오 당신은

둘도 없는 나의 뮤즈

누구시죠 당신은

눈부신 날이에요 당신과 아무 길이라도 걷고 싶어
요 사랑해요 푸른 하늘 잉크를 찍어 그렇게 쓰는데
펜촉이 너무 날카로와요 당신도 이 눈부신 날 내게
그렇게 쓰고 싶다가도 맘으로만 그렇게 하는 게 다
그런 이유 때문이겠죠 다칠 걸 무릅쓰고 사랑해요
라고 내가 먼저 쓰는 건 내가 시인이기 때문이고
눈이 멀어서이기도 하죠 오늘은 당신에게 연락받
는 호사를 누리지 못했어요라고 쓰는 사이 당인리
발전소 건너편의 한강은 붉어지겠죠 ㅋㅋ 그래도
기뻐요 당신이 이 세상에 있다는 것 지금 이 순간
누구시죠 당신은 나를 후려쳐 아프고 즐거워요

아듀

아듀
옷가지들이 뒤엉킨 트렁크를 열어
산뜻한 것들을 골라 입고 떠나렴
그 트렁크를 들고 말이다
당신은 떠나지만
실은 세월이 당신을 데려가는 것
아니면 뒤엉킨 것들이
버려지는 걸지도
몰라
내 검푸르게 썩어가는 몸 한 귀퉁이에
구멍을 뚫어 노래할게
모른다고

한적한 엔딩

의외로 마지막 날
한적하다
함께 이 텅 빈 밤을
걸어갈까

미셸은 우주의 라디오

미셸은 노래해요
랄랄랄
미셸이 노래해요
랄랄라
미셸은 받아 적어요
우주의 주파수
자기도 모르게 듣고서
발설하죠
아릐 리마레 어무릴니fa
아릐 리마레 어무릴니fa
한도 끝도 없이
미셸은 우주의 라디오

사랑은 피 흘리는 텍스트

이 광 호

나는 솜사탕 남자

그가 사랑이라니? 두 권의 시집을 통해 한국 현대시에서 예외적인 시적 에너지와 혼성적인 언어의 세계를 제출했던 성기완이, 다시 변이의 언술들을 쏟아놓는다. 앞선두 권의 시집이 제도화된 시 언어에 대한 외부로부터의 테러였다고 한다면, 이번의 테러는 상대적으로 내재적인 위치에서 시작된다. 흥미롭게도 이 시집에서 시적 테러리스트는 '사랑'에 대해 발음한다. 사랑과 연애를 둘러싼 담론들의 저 끔찍한 상투성을 뚫고, 그는 또 하나의 이질적이고도 하드코어적인 사랑의 담화를 풀어놓는다. 성기완의사랑 노래는 무엇이 다른가? 우선 누가 사랑을, '내 사랑'을 말하는가가 문제적이다.

한국 연애시의 전통 속에서 사랑을 말하는 화자는 많은 경우, '여성화'되어 있다. 그렇다는 것은 여성 시인이 사랑의 시를 써왔다는 것을 의미하는 것이 아니다. 그것은 상징 질서의 내부에서 여성적인 것으로 간주될 만한 목소리를 시인이 채택했다는 것이다. 김소월의 연애시가 보여준 이러한 목소리의 면모를 한국 현대시의 뛰어난 연애시들이 계승해왔다는 것은 새삼스러운 일이 아니다. 남성 시인들의 연애시가 상징적인 여성의 목소리를 전유하는 것이 의미하는 미학적이고 정치적인 문제를 여기에서 제기하고 싶지는 않다. 문제는 그 상징적인 전유가 한국의 연애시에서 하나의 유력한 전통 속에 있다는 점. 연애시에서 남성적인 목소리의 은폐는 한편으로 연애시의 목소리를 둘러싼 섹슈얼리티와 성정치성의 문제를 비가시적으로 만든다. 그런데 성기완의 화자는? 그는 얼마나 노골적인가? 그런데도 그의 시는 얼마나 남성적 주체화로부터 멀어지는가?

솜 솜 솜 솜사탕
솜사탕도 사탕일까
사탕 깨물다 이빨 빠진 금강새
화이트데이 솜사탕 남자

솜사탕은 구름

당신에게 구름을

구름의 침대

구름 베개

구름 이불

당신 맘대로 해요

내 몸으로 만들어드릴게

나는 솜사탕 남자   ──「이불솜 틀어드립니다」 부분

　전봇대에 붙어 있는 낡은 광고 문구 "이불솜 틀어드립니다"로 시작된 상상은 화이트데이의 남자 이미지로, 다시 옛 기억 속 솜틀집 할머니의 이미지로 전이된다. 솜이라는 추억의 표상은 그 단어의 음성적 감각성에 집중하면서 솜사탕의 이미지로 전환된다. 솜사탕이 가지는 로맨틱하고 팬시한 이미지는 "화이트데이 남자"라는 대중적인 판타지를 호출한다. 달콤하고도 부드러운 남자라는 여성적 판타지는 '구름─침대─베개─이불'을 거치면서 에로틱한 조형적 공간을 만들어낸다. 솜사탕의 몸은 형태와 달콤한 맛을 갖지만, 밀도와 내용을 갖지 못하는 물질이다. 그것의 달콤함과 공허함은 '솜사탕 남자'라는 존재의 우스꽝스러운 비실체성을 반영한다. 솜사탕 남자는 자신의 몸으로 무엇이든 만들어줄 수 있는 남자. 그러나 그 남자는 존재의 밀도를 갖지 않는다.

　여기서 두 가지 흥미로운 시적 맥락을 발견할 수 있다.

우선 하나는 이 시가 두드러지게 남성 화자의 목소리를 드러내고 있다는 점. 그러나 그 남성 화자는 자신의 남성성을 표 나게 드러내지 않고 솜사탕 남자라는 여성적인 판타지를 선보이고 있다는 것. 그래서 '나'는 남성성을 상징적으로 보장받는 것 대신에, 여성적인 대리 표상의 일부로서 자기 몸을 드러낼 뿐이다. 오히려 솜사탕의 몸을 가진 남자는 다른 몸을 만들어내는 몸이라는 측면에서는 여성적인 존재의 일부이다. 이런 이유에서 "솜을 틀던 할머니"의 이미지가 다시 등장하면서 후반부에 "할머니 젖가슴 숨 모시적삼 새하얀 다듬잇돌"의 이미지가 등장하는 것을 주목할 수 있다. 솜사탕 남자의 가짜 남성성은 '솜틀집 할머니'의 늙은 여성성과 이상한 방식으로 결합한다. 그래서 솜으로서의 몸은 남성성과 여성성의 주체화를 스스로 비껴가는 존재, 그 상징적인 영역의 권위를 앗아가는 희극적인 가벼움을 선사한다. 그 가벼움은 어디에서 오는가? 솜이라는 물질의 실제적인 가벼움? 아니 그보다는 '솜, 솜, 솜'이라는 시니피앙, 혹은 그 시니피앙의 반복이 불러오는 리듬감으로부터 온다. 리듬은 이렇게 성적 주체화를 저지시키고 그 몸의 무게를 공중에 들어 올린다.

세상에!
보고픈 당신
당신이 날 보고프다시면

나는 늘 세상 밖으로 달려가요

당신이 계신 곳은 어디든 세상 밖

세상이 모르도록 깊이 잠든 당신

나는 세상 밖의 남자이므로

세상이 몰라도 당신 곁에 있어요

바로 곁에

꿈이라면 꿈속에

삶이라면 그 속에

보고픈 당신

당신이 날 보고프다시면

언제나 세상은 깊이 잠들죠

세상에나!　　　　　——「세상에! 보고픈 당신」 전문

　이 남자는 "세상 밖의 남자"이다. 이 남자가 세상 밖에 있는 이유는, "당신이 계신 곳은 어디든 세상 밖"이기 때문이다. 이 설정 역시 흥미롭다. 당신이 세상 밖에 있다는 것은 당신의 존재 방식이다. 당신이 이 세상 안에서는 부재한다는 것은, 당신의 존재가 가진 신비성을 말해주는 것이 아니라, 당신이 실재하는 방식이다. "세상이 모르도록 깊이 잠든 당신"과 "당신이 날 보고프다시면/언제나 세상은 깊이 잠들죠"의 '잠든 세상'은 서로 다른 세계에 속한다. "깊이 잠든 당신"을 세상은 모르고, 당신이 날 부르면 "세상은 깊이 잠든다." '당신'과 세상은 그렇게 서로를 모르거나, 모른 척해준다. 당신이라는 존재가 세상 밖의 존재라는 것은, 세상이 모르는 존재, 혹은 세상을 모르는 존재라는 함의가 들어 있다.

그러니까 당신과 나의 사랑은 언제나 세상 몰래 진행되고, 당신에게 달려가는 일은 세상 밖으로 달려가는 일이다. 사랑은 그렇게 세상의 바깥에서 일어나는 사건이다. 세상 밖의 남자는 그런 방식으로 세상 밖의 여자를 그리워한다. 이것은 역설적으로 세상 안에서의 사랑의 불가능성을 암시한다. 그 사랑의 불가능성 앞에서 세상 밖의 남자와 세상 밖의 여자의 상징적 위치는 의미가 없다. 모든 사랑하는 존재는 세상 밖의 존재이고, 모든 사랑은 세상 밖의 사건이니까. 그렇다면 사랑은, 세상에! 세상에나! 세상에는 없다. '세상에'라는 감탄사는 이제 내용 없는 감탄사에 머물지 않고, 세상에서의 사랑의 불가능성을 중의적으로 환기시키는 일종의 비명이 된다. '세상에!'라는 감탄사가 뜻밖의 일에 대한 놀람을 표현하는 것이라면, 그 뜻밖의 사건은 사랑에 관한 그 감탄사 자체에 내재된 운명이다. 세상에! 세상에나!

당신은 생리 중

　당신을 그렇게 멀리 보내고

드넓은 가을 하늘을 통째로
이고 있는 내 두 눈
푸른 궁륭을 향해
그리움의 모양으로 방전되는
전체적 피의 분수
그렇게 온 세상이
보랏빛으로 물드는 것도
사랑의 한 방식   ──「사랑의 한 방식」 부분

　사랑의 소멸, 혹은 당신의 부재에 관한 담화는 모든 연
애시의 기본 형식을 이룬다. 문제는 그 소멸과 부재를 시
적으로 언어화하는 방식, 그래서 그 사랑의 이별을 또 다
른 상상적 사건의 차원으로 만드는 일이다. 이 시에서 그
사랑의 소멸은 강렬한 색채 이미지들을 거느린다. 이를테
면 당신의 부재하는 세상의 이미지는 "드넓은 가을 하늘"
"푸른 궁륭"이라는 넓고 푸른빛의 형상을 얻는다. 그 푸른
공간을 향해 있는 '내' 그리움은 "피의 분수"라는 강력한
붉은빛을 뿜어낸다. 그리고 그 푸른빛의 세계에서 뿜어져
나오는 붉은빛의 어두운 에너지는 세상과 만나 '보랏빛'
의 이미지로 변환된다. 푸름과 붉음의 중간으로서의 보랏
빛은 사랑의 소멸을 육화하는 설명할 수 없는 불안정한 색
채가 된다. 주목할 수 있는 것은 이 시집에서 '피의 분수'
로 드러나는바, 그리움이 '방전'되는 붉은 피의 이미지가

여러 차례에 걸쳐 반복된다는 점. 사랑은 왜 자주 피를 뿜어내거나, 피를 뒤집어쓰고 있을까? 이 시집 속의 당신은 자주 '생리 중'이다.

> 그 낯선 기념품 판매소의
> 꿈 같은 계단을 밟을 거야
> 생리 중인 너를 업고 갈 거야
> 피가 뚝뚝 계단에 떨어져도
> 상관없어
> 상관없지
> 미안하지만 즉시 흥정꾼이 되겠어
> 당신이 미라처럼 누워 있을 때
> 나는 베란다에서 뛰어내릴 거야
>
> ——「베란다에서」 부분

　화자는 "도둑놈처럼" 당신과의 도망을 준비하고 결행한다. "몰래 빨간 여행 가방을 끌고" 나오는 화자의 도망은 사랑의 도피 행각이라고 부를 수 있다. 그것은 "뭐든 서슴지 않을 거야"라는, 도망의 욕망에 충실하려는 각오를 반영한다. 그 낯선 여행지의 "기념품 판매소의/꿈 같은 계단"에서 '나'는 "생리 중인 너를 업고" 간다. '너'의 생리 중이라는 상황은 사랑의 도주 행각에 사소한 장애가 될 수도 있겠지만, "뭐든 서슴지 않"으려는 이 도망에서 그건

"상관없"는 일이다. 이 시는 전체적으로 "~ 할거야"라는 다짐과 각오, 혹은 의지의 표현으로 서술되어 있다. 그것은 이 시 속의 장면들이 실제로 벌어진 장면이 아니라, 꿈과 욕망의 세계에 속한다는 것을 보여준다. 제목과 마지막 행에서의 "미라처럼" 누운 당신, 그리고 화자가 '베란다'에서 뛰어내리는 이미지를 고려한다면, 이 시는 도주의 사건을 기록하는 것이 아니라, '너'와의 도주를 몽상하거나, "미라처럼" 누운 너를 두고 혼자만의 도주를 결행하는 못된 꿈으로 읽을 수 있다. '베란다'는 방과 그 세상의 밖의 경계에 놓인 공간이고, 따라서 베란다는 도망을 꿈꾸는 곳이다. 그 도망의 꿈속에서 '생리 중'인 '너'를 업고 피가 뚝뚝 떨어지는 계단을 가는 장면은, 그 도망의 꿈이 가지는 강렬한 불가능성과 욕망의 깊이를 환기시킨다.

너와 오랄하고 싶어
너의 빨간 암술을 헤치고
노란 수술을 빨고 싶어

당신은 화장실에 버려진 생리대
지켜지지 않은 백만 년 된 약속
팬티 속에 차고 다닐래
나도 당신처럼 생리할 거야

피흘리며피어날거야   ──「꽃」 전문

   '너'의 생리에 대한 '나'의 집중된 관심은 일종의 성적 도착을 불러온다. '오랄'에 대한 강렬한 욕구는 강렬한 원색 이미지를 통해 적나라하게 드러난다. (이 시집에 등장하는 '빨다' '핥다' 등의 성행위를 묘사하는 언어들은 단순히 묘사의 언어가 아니라, 힙합 음악의 언어들처럼 반사회적이고 반문화적인 소리 혹은 음악적 후렴이다.) '당신'을 "화장실에 버려진 생리대"로 호명하는 순간, 시는 다른 차원에 진입한다. 암술과 수술이 하나의 몸속에 공존하는 꽃의 식물성은, 남성과 여성의 몸에 대한 새로운 상상적 차원으로 전환된다. "나도 당신처럼 생리할 거야"라는 도착적인 욕구에 이르러 남성과 여성으로 분리된 몸은 새로운 성적 전환에 대한 갈망과 만난다. 그 갈망의 끝에서 "피흘리며피어날거야"라는 마지막 발화는 식물의 성기로서의 꽃의 관능과 성에 대한 전환의 욕구를 하나로 결합한다.

   따라서 "피흘리며피어나는" 것은 꽃이며, 여성 성기이며, 차라리 화자의 강렬한 도착적 욕구이다. 이 도착은 병리적인 차원을 넘어서 성적 욕구가 가진 상징화의 좌절과 성적 주체화의 혼란을 날카롭게 드러낸다. 이 과정에서 '생리하는 너'와 '생리하고 싶은 나'의 구분은 꽃의 그것처럼, 하나의 몸으로 뒤섞인다. 혹은 뒤섞이고 싶어 한다.

그 과정에서 '남성-나'의 주체화는 유예되고, 자신의 존재를 여성, 혹은 여성의 몸에게 의존하는 방식으로, 자기 존재에 대해 외부적이 된다. '나-남성'은 그렇게 여성의 몸을 통해 탈존한다. 그래서 이 꽃의 성기 안에서 남성과 여성이라는 상징 체계는 피 흘리며 붕괴된다.

> 칼로 찌른 것도 아닌데
> 낭자
> 당신은 유혈이
> 낭자
> 하군요 하긴
> 한때 내가 거길 찢고 나왔죠
> 황홀한 자상을 입고
> 피범벅으로 좋아 죽는
> 당신은 생리 중
> 아무리 조심조심 휘둘러도
> 아 결국 사랑은 칼부림 ──「해피 뉴 이어 2」 전문

사랑이 유혈이 낭자한 것은 두 가지 이유에서이다. 우선, 당신은 생리 중이고, 생리 중인 당신의 '그곳'은, '나-남자'가 태어난 자리이기도 하다. 그 자리는 "황홀한 자상을 입고/피범벅으로 좋아 죽는" '여성-몸'이다. "당신은 유혈이/낭자"에서 '낭자'는 형용사인 동시에 여자를

말하는 동음이의어의 말놀이기도 하다. 여성적인 존재는 형용사로서의 '낭자한' 몸이다. 그 낭자한 몸으로부터 '나-남자'의 몸이 태어났다. 그러니까 낭자한 '여성-몸'은 '나-남성'의 기원이다. 조금 다른 문맥에서 그 낭자한 몸은 사랑의 '칼부림'으로 낭자한 몸이다. 사랑의 칼부림은 이중적이다. 사랑은 낭자한 몸으로부터의 사랑이지만, 그것은 사랑이 가진 근원적인 위험성을 또한 암시한다. 사랑이 피범벅인 이유는, 낭자한 당신의 몸으로부터 기인하는 것이면서, 동시에 사랑 자체의 근원적인 폭력성에 연유한다. 사랑은 낭자하지만, 그 칼부림 속에서 피 흘리는 사랑은 "좋아 죽는"다. 이것은 일반적인 의미의 마조히즘을 의미하는 것이 아니다. 성적 흥분의 충만을 내포한 쾌락은 쾌락을 넘어서는 고통을 수반하고, 그 고통은 사랑의 주체에게 어떤 일관성을 부여하는 얼룩이다. 생리라는 몸의 분비물을 통해 향유의 존재는 사랑의 존재성을 감각한다. '당신-여자'의 '몸-생리-얼룩'을 통해서 '나-남자'는 자기 욕망을 만든다. 그리하여 '당신-여자'의 생리는 '나-남자'의 증상이다. '당신'이 생리 중이기 때문에, '나-남자'는 비로소 존재한다. '나-남자'를 존재하게 하는 것은, 낭자한 '너'의 몸.

사랑은 텍스트의 텍스트

자, 이제 이 시집에서 사랑의 담화를 재배치하는 또 하나의 국면으로 진입해보자. 이 시집의 제목은 '당신의 텍스트'이고, 이 시집에는 같은 제목의 연작시가 여러 편 등장한다. '당신'과 '사랑'이라는 이 고전적이고 촉촉한 명사들 옆에서 '텍스트'라는 드라이한 용어는 도대체 무엇인가?

당신의 텍스트는 나의 텍스트
나의 텍스트는 당신의 텍스트
당신의 텍스트는 텍스트의 나
나의 당신의 텍스트는 텍스트
나의 텍스트는 텍스트의 당신
텍스트의 당신은 텍스트의 나
당신의 나는 텍스트의 텍스트
텍스트의 나는 텍스트의 당신
당신의 나의 텍스트는 텍스트
나의 당신은 텍스트의 텍스트
　　　　　—「당신의 텍스트 1—사랑하는 당신께」전문

이 시를 통해서 '텍스트'가 무엇을 의미하는 것인지 아는 것은 불가능하다. 이 시에서 단어와 단어의 연쇄는 어떤 의미나 내용을 가르쳐주지 않는다. '당신' '나' '텍스트'

라는 단어들의 조합이 가능할 수 있는 모든 경우의 'A는 B이다'라는 문장의 가능성을 펼쳐놓는다. 그러니 이 조합들의 논리적 내용을 분석하는 것은, 무의미하거나 아주 골치 아픈 일일 것이다. 이 시의 시적 효과는 그런 지점에 있지 않다. 이 시는 '당신' '나' '텍스트'라는 세 가지 소리의 요소가 끊임없이 메타적으로 재배치되고, 그 재배치를 통해 조금씩 다른 반복적인 리듬을 살려내는 데 있다. 그 리듬은 아날로그적인 것이기보다는 일종의 테크노적인 음악이다. 몇 개의 음성적 요소를 바탕으로 한 일률적인 사운드와 비트의 무한 반복을 보여주는 듯하다. 그것은 전자적 리듬의 최면적인 반복을 통해 어떤 몽롱한 무아의 경지에 이르게 하는 레이브적인 음악을 연상시킨다. 이것은 의미의 세계가 아니라 소리가 '텍스트'로서 반복되는 세계이고, 이 시의 주체는 따라서 음악의 시간적 기본 단위인 비트 그 자체이다. 언어와 소리 자체를 텍스트로 보여줌으로써 이 시는 텍스트가 무엇인지를 비트로서 드러낸다. 텍스트를 의미화하는 시가 아니라, 소리의 반복으로서의 텍스트의 현존, 그 자체이다.

헤어지자고 했습니다

수신확인 확인안함 수신확인 확인안함
수신확인 확인안함 수신확인 확인안함

수신확인 확인안함 수신확인 확인안함

수신확인 확인안함 수신확인 확인안함

수신확인 확인안함 수신확인 확인안함

수신확인 확인안함 수신확인 확인안함

수신확인 2007-10-26 13:50

헤어졌습니다

　　　　　　　——「당신의 텍스트 6—수신확인」 전문

눈 속에서 모래알이 씹힌다

텅 빈 모텔

이미 떠난 당신

사랑은 오래 못 참고

속절도 없이

치—

　　　　　　——「당신의 텍스트 10—화면 조정 시간」 전문

　여기 당신에 관한 두 개의 텍스트가 있다. 우선, 하나
는 컴퓨터 이메일의 디지털 공간이고, 다른 하나는 텔레
비전의 화면이다. 두 개의 장면 혹은 이미지들은 각각 사
랑의 텍스트이다. 세상의 텍스트는 자연 그 자체가 아니
라, 무엇에 관한 텍스트이다. 어떤 텍스트에 대한 텍스트
로서 이차적인 것이거나, 메타적인 것이다. 앞의 경우 시

적 화자는 헤어지자는 이메일을 보낸 뒤 끊임없이 '수신 확인'을 해본다. 상대방이 이메일을 읽지 않은 그 시간들 속에서 이별은 아직 통보되지 않았고, 완료되지 못한다. '내'가 수신확인을 계속하는 그 반복된 행위 속에서 이별은 계속해서 유예된다. 수신자가 수신확인을 한 순간, 인터넷이 그 수신확인의 시간을 알려주는 그 순간, 이별은 비로소 실행된다. 이별의 행위는 인터넷의 디지털 정보 속에서 이루어지는 것이며, 그것은 내 마음의 사건이 아니라, 다만 텍스트의 사건이다.

두번째 경우에, '당신'이 떠난 "텅 빈 모텔"에 남아 있는 '나'는 텔레비전의 화면 조정 시간 영상을 보면서, 이별의 이미지를 발견한다. 그러니까 이별의 사건은 여기서 '화면 조정 시간'이라는 텔레비전 모니터의 이미지 속에서 구현된다. 이별은 이렇게 전자적인 텍스트를 매개로 해서 이루어지는 사건이며, 사랑을 둘러싼 텍스트 안의 사건이다. 더욱 근원적으로 말한다면, '당신' 역시 하나의 텍스트이며, 이별 혹은 사랑은 다만 텍스트의 텍스트이다. 이 무한 텍스트의 세계에서 아무도 당신의 직접성, 사랑의 직접성에 가닿지 못한다. 다만 텍스트 안에서 사랑하고 욕망하고 이별한다.

사랑한다는말도없이(스킵)
가갸거겨고딩중딩대딩직딩초딩아빠밥줘교구규그렇게당신

을완전히가지려고하지도않기

　나너우리냐너우리녀노뇨누뉴느니

　다람쥐쳇바퀴댜더녀무더뎌무뎌질정도로게을러도를넘은
난봉됴두듀드디

　라랴러려로료루류르리

　마먀머뭇뜨거워져요(컷)며모묘무뮤므홋미

　바뱌버벼보바보바보바보바보지뵤부뷰브비

　사생아생선뼈다귀성기완완벽한걸레사랑한다는말도없이
(스킵)사랑의병을앓아요(카피)샤서셔소쇼수슈회전스시

　아주나쁘죠(삭제)야어여오요우유두으이

　자지털쟈저개새끼져조죠주쥬즈지

　차챠처제쳐초쵸추츄츠치

　카피&페이스트사랑의병을앓아요(카피)사랑의병을앓아
요(카피)사랑의병을앓아요(카피)사랑의병을앓아요(카피)
사랑의병을앓아요(카피)사랑한다는말도없이(스킵)머뭇뜨
거워져요(컷)머뭇뜨거워져요(컷)머뭇뜨캬커피켜코피쿄쿠
키큐핏크키키킴

　　　　　——「당신의 텍스트 5—잘못된 인코딩」 부분

　이 사랑의 텍스트는 일종의 전자적 노이즈이다. 디지털
로 변환된 언어가 잘못된 인코딩으로 인해 하나의 노이즈
가 되었을 때, 그 노이즈 역시 하나의 텍스트이다. 잘못된
신호 체계로 인해 언어가 소음이 되었다면, 그 소음도 텍

스트, 혹은 시적인 텍스트이다. 시인은 그 노이즈의 불규칙한 신호들 사이에서 언뜻언뜻 자기 지시적인 언어들을 끼워넣는다. 그러나 그 언어들은 다만 암호처럼 그곳에 숨겨져 있는 것이 아니다. 그러니 그 암호를 풀려고 애쓸 필요는 없다. 디지털 신호 체계의 오작동은 커뮤니케이션의 장애를 가져오는 것이지만, 이 장애의 신호들은 기이한 방식으로 억눌린 채 삐져나오는 변이의 언어를 생성하고, 그 변종의 시적 소통의 (불)가능성을 생각하게 만든다. 모든 소통은 잘못된 인코딩의 가능성을 안고 있고, 그것의 결과로 나타나는 노이즈 역시, 음악이거나 또 다른 커뮤니케이션의 일부이다. 그래서 이 시는 시가 노이즈가 되는 장면이라기보다는, 노이즈를 다시 시적인 언어로 변환하는 디코딩의 텍스트이다.

영원히 떠나는 노래

처음의 논의로 돌아가보자. 이 시집은 사랑에 관한 시집이며, 사랑의 노래들이 실려 있다고 가정할 수 있다. 그것은 이 시집이 사랑이라는 모종의 주제에 관한 텍스트라는 것을 의미하지만, 일반적인 연애시적 전통 속에 있다는 것은 아니다. 이 시집에서 사랑의 노래는 몇 가지 맥락에서 사랑을 둘러싼 일반적인 시적 담화를 교란한다. 우선 이 시집에서 일인칭 남성 화자는 자신의 남성적 목소리를 은폐하지 않는다. 그것은 이 시의 화자가 가부장적인 상징 질서 위에서 구축되고 있다는 것을 의미하지 않는다. 이 시집의 일인칭 남성 화자는 자신의 성적 환상이 가지는 여성적 존재에 대한 의존성을 노골적으로 드러냄으로써, 아이러니한 방식으로 자신의 남성성을 탈주체화하고, 상징적으로 거세한다. 이런 사랑의 균열은 다른 차원에서도 동시에 진행되는데, 사랑을 텍스트에 대한 텍스트로 받아들이는 문화적 맥락이 여기에 개입한다. 당신이 하나의 실체가 아니라 이차적인 기호이며, 당신에 대한 '내' 사랑과 성적 욕망 역시, 텍스트에 대한 텍스트라면? 텍스트에 의해 매개된 욕망이라면? 결국 사랑이 피 흘리는 텍스트라면? 그러면 사랑은 어떻게 가능한가?

이 질문은 바보 같은 질문이다. 문제는 사랑이 가능한가 하는 것이 아니라, 그럼에도 불구하고 사랑을 사는 방식, 사랑을 발화하는 방식의 문제이다. 사랑이 텍스트의 텍스트라면 사랑을 사는 것은 사랑이라는 리듬을 사는 것의 문제이다. 이 피 흘리는 사랑의 텍스트는 이제 의미의 차원이 아니라, 날카로운 음악의 차원이 된다. 사랑의 텍스트는 사랑의 소리들을 재배치하는 음악의 차원을 얻는다. 사랑은 그 자체로 텍스트이지만, 텍스트들을 뒤섞고 생산하는 텍스트이다. 사랑의 텍스트는 사랑을 리믹스하는 텍스트이다. 사랑은 피 흘리는 '너-여성'의 성기처럼,

끊임없이 텍스트를 혼종적으로 쏟아내는 텍스트이다.

> 남자들이 당신의 호수에 줄을 서서
> 자살을 준비해요
> 팜 파탈 분비물로 흥건한
> 기쁜 빨판 서식지
> 바로 그 호수죠
> 당신에 감염된 나는 참을 수 없어
> 아침 녘에 문밖으로 나가보지만 벌써 다른 풍뎅이의
> 스니커즈를 댓돌 위에 놓아둔 당신
> 러브 마이너스
> 당신은 팜 파탈
> 오직 당신만이 단물 뚝뚝 흐르는
> 시와 노래와 고통과 찬미의 진원지
> 팜 파탈 예쁜 나쁜 기쁜 빨판 오오 당신은
> 둘도 없는 나의 뮤즈
> ──「예쁜 빨판, 팜 파탈의 기원──뮤즈의 탄생」 부분

이 시에는 대중문화에서 흔히 볼 수 있는 팜 파탈의 캐릭터가 등장한다. '빨판'이라는 비속어가 표현하는 대로 '그녀-팜 파탈'의 성적 매력은 치명적인 '흡착력'을 가지고 있다. 상업 문화 속의 팜 파탈 이미지는 이성애 가부장제의 상징 질서가 만들어낸 판타지이며, 남성적인 권력이

만들어낸 과도한 공포와 불안이 투사된 것이다. 이 시에서 팜 파탈은 그런 대중문화의 여성 상품 캐릭터와 무관하지 않다. 그러나 이 시에서의 팜 파탈은 몇 가지 다른 상상적 교란을 보여준다. 우선 이 팜 파탈은 "부르주아 중산층 가정에서 자란 소녀들"과의 계급적 비교가 있다. "당신 아빠가, 당신을 배반한 또 다른 아빠가/당신을 죽였듯 당신 누에고치에서/불혹의 남자와 미소년들이 메말라가네"라는 문장에서 '당신-팜 파탈'은 가부장제의 상징적인 희생자이면서 잠재적인 가해자이다. 그것은 '당신-팜 파탈'의 섹슈얼리티가 가지는 계급적·정치적 의미를 은폐하지 않는 것을 의미한다.

'당신-팜 파탈'이 '나'에게 선사하는 것은 "황홀한 죽음의 상태"이다. 그 죽음의 상태를 이기기 위해 "나는 죽으러 당신 질 속으로 들어"간다. 그것은 죽음을 이기기 위해 죽음을 결행하는 행위이고, 그 행위는 '처용'의 그것처럼 죽음을 견디는 춤이다. '당신-팜 파탈'은 남자들을 죽음에 이르게 하지만, 그 죽음을 견디는 '시'와 '노래'를 낳게 하는 역설적인 '뮤즈'이다. '당신-팜 파탈'은 여기서 남성적 욕망이 만들어낸 유혹자를 넘어서, '노래'를 만드는 신의 표상으로 등극한다. '예쁜 빨판'으로 물신화되었던 '당신-팜 파탈'의 몸은, 가부장적인 상징 질서의 경계에서 섹스와 죽음을 둘러싼 남성적 공포를 넘어서, 다른 음악의 기원이 된다. '당신-팜 파탈'의 매혹은 '고통과 찬미,' 쾌락과 공포를 뒤섞으며, 시와 노래를 만들어낸다. 이 지점에서 이 시집의 남성 화자의 리비도는 가부장적 상징 질서 속의 남성 주체의 욕망을 대변하지 못한다. 남성적 주체의 욕망은 삶을 파괴하려는 본능과 대립되지 않은 채, 주이상스의 무의미하고 고통스러운 즐거움 속으로 분해된다.

이 시집을 관통하는 '나-남성 화자'는 다만 실제적인 '나'의 대리 표상일 뿐만 아니라, 궁극적으로는 그 남성적 주체화를 자발적인 죽음의 경지로 몰고 가는 존재이다. 일인칭 남성 자아는 주체라는 정념의 자리를 소거한 채로, '나'의 인격적 권위와 실체성을 비워버린다. 그것은 '나'와 '나,' '나'와 '너'의 '차이'를 해방시키는 사랑의 사건이며, 삶의 다른 존재론적 가능성에 대한 개방이다. 이 시집은 그렇게 남성적 자아가 탈주체화되는 과정에서 파열되는 소음과 리듬, 그것은 꽃핀 '죽음의 세계'에서 '기쁜 탄식'과 '즐거운 비가'로서의 사랑 노래이다. 알 수 없는 노이즈와 비트로 만들어진 사랑 노래는, 아직 의미가 결정되지 않는 음악. 사랑의 의미화가 아니라 사랑의 얼룩과 파열을 언어화하는 것. 사랑의 무의미성과 불가능성에 지금 이 순간, 몸을 던지는 것. 이 붙박인 시간으로부터 영원히 떠나는 것.

종이학 모양의 꽃이 핀

죽음의 세계

긴 휘장 두 장이 은하수를 타고 내려와

노을 가득한 강물에 다리를 적셔

향기가 나고

그 향기를 돛 삼아 떠나는 사람

오 기쁜 탄식이여

즐거운 비가여　　　　　　──「황혼, 먹라수」 부분 ▨